KB115581

나비가 되어

나비가 되어

발행일 2020년 6월 26일

지은이 임영희
펴낸이 손형국
펴낸곳 (주)북랩
편집인 선일영 편집 강대건, 최예은, 최승헌, 김경무, 이예지
디자인 이현수, 김민하, 한수희, 김윤주, 허지혜 제작 박기성, 황동현, 구성우, 권태련
마케팅 김회란, 박진관, 장은별
출판등록 2004. 12. 1(제2012-000051호)
주소 서울시 금천구 가산디지털 1로 168, 우림라이온스밸리 B동 B113, 114호
홈페이지 www.book.co.kr
전화번호 (02)2026-5777 팩스 (02)2026-5747

ISBN 979-11-6539-277-2 03810 (종이책) 979-11-6539-278-9 05810 (전자책)

이 도서의 국립중앙도서관 출판예정도서목록(CIP)은 서지정보유통지원시스템 홈페이지(http://seoji.nl.go.kr)와 국가자료공동목록시스템(http://www.nl.go.kr/kolisnet)에서 이용하실 수 있습니다.
(CIP제어번호: CIP2020026446)

나비가 되어

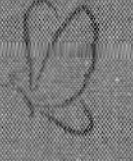

임영희 시집

북랩book Lab

시인의 말

나는 졸졸 흐른다.

가재와 송사리도 품어 키우며 산속을 헤매다 지친 사람들이 목도 축이고 두 발도 디밀어 넣고 즐기는 도랑물이다.

산나물을 뜯어 주먹밥으로 허기도 매우고 한숨 쉬어가는 어느 산골짜기의 도랑물이다.

나의 역량은 딱 이만큼이다.

그릇이 작아 넘치는 물은 강으로 바다로 흘러 들어가 고래도 키우고 배도 띄워서 커다란 세상을 열어가지 않는가.

생은 풀잎에 맺힌 이슬 같아서 분수에 맞게 욕심 없이 살다 갈 한 줄기 바람이며 뜬구름이려니….

2020. 5. 20 임영희

목차

2부 · 가난한 꽃

3부 · 봄날의 스케치

4부 • 견고한 집

1부

나비가 되어

가을 엽서

심장 깊은 곳에
옹이로 박혀
아리고 서러운 그대

어쩌면 내 생애
치유되지 못할
불치의 통증

간밤
비바람 지나간 자리에
지천으로 혈서를
흩뿌려놓고
홀연히 사라져간 그대

이 쓸쓸한

가을의 길목에서

그렁그렁

눈물로 읽히는 그대

두통

방심한 틈을 노리는 두통거리가 도처에 웅크리고 있어요 한눈팔면 쳐들어올 기세죠 긴장의 끈을 붙잡고 사느라 머리가 지끈지끈해요 의사는 가볍게 긴장성 두통이라고 해요 최첨단 시스템을 자랑하면서 애당초 머릿속은 들여다볼 생각이 없다는 거죠 눈앞에서 손가락을 폈다 구부렸다 보이느냐 몇 개냐 별 시답잖은 진단법도 다 있죠

자애롭고 정중한 어조로 진통제가 반응을 하면 걱정할 거 없습니다 나는 저 고명한 의사에게 설득당해 안도하며 줄곧 아스피린이나 삼킬 거예요 긴장성 두통이나 달고 남은 생을 야금야금 파먹으며 살아갈 거예요 눈 감으면 코 베어 가는 세상이죠 정작 의사의 처방은 코를 베어내는 게 특효입니다 이런 건지도 몰라요

해돋이

내 치마폭으로 감쌌던
붉은 섬
부끄럽던 그날의 기억이
선명하게 솟구쳐 오른다
차마 발설치 못했던
내 신중한 기억의 붉은 섬이
원대한 꿈을 안고
하늘로 치솟는다
남몰래 품었던 비밀 하나
다홍치마 끈 풀어서
미련의 끈 풀어서
훨훨 날려 보내면
오히려 차오르는

내 안에 사는 그

나비가 되어

보릿고개가 녹록지 않던 시절
까무잡잡한 깡마른 계집애는
단발머리 나풀대며
거침없이 산과 들로 내달렸지요
송홧가루 풀풀 쏟아져 내리고
진달래꽃 따고
산딸기 따고
달래와 쑥과 씀바귀를 캤지요

여덟 살 적엔 엄마 손에 이끌려
경쟁 구도의 첫 관문인
읍내 국민학교에 입학했지요
망아지처럼 뛰어놀던 들판보다
넓은 세상이 펼쳐진다는 것도
어렴풋이 깨달았지요

검정 교복에 흰 카라가 눈부시고
오리표 운동화를 신던 날
고삐 풀린 망아지는
가슴 설레는 나비가 되었지요
하얀 양말 접어 신은 두 발을
운동화 속에 쏙 집어넣으면
한 마리 날개 달린 나비가 되어
나는 듯 가볍게
사뿐사뿐 앞으로 달려갔지요
가슴 가득 꿈을 안고
훨훨 날아가는 나비가 되어

옛집

허름한 오두막 안
손바닥만 한 마당에서
해찰을 부리던 갈 햇살이
정신이 번쩍 들었다
일과를 점검하는 시간
다정한 토끼 한 쌍이
달콤한 배춧잎을 뜯고
담장 위 호박 몇 덩이
슬쩍 몸을 비틀어
덜 익은 안쪽을 내보였다
단맛이 든 대추가
두 볼이 발갛게 달아오르고
감나무가 붉은 주먹으로
툭툭 허공을 두드리고 있다

콩 바삭을 끝낸 아랫목에선
청국장이 익어가고
도란도란 군불 같은 행복이
오롯이 깃들어 있다

봄날의 왈츠

묵은 산이 가만히
고사리손을 뻗어
그미의 잠든 몸을 흔들고 있다
어서 일어나요
일어나요
부드럽고 섬세한 바람의 손길이
그미의 목덜미를 더듬고
막 기지개를 켠 그미의 입술에
바람의 입술이 닿는다
아아, 간지러워요
어디서 설익은 해를 한 동이
이고 와서는
그미의 얼굴에
주르륵 쏟아붓고 가버린 아침
온 천지 구석구석이

거칠고 뜨거운 성사의 숨결로

지끈지끈 아득한 봄날

살구꽃

천년의 꿈속을
더듬던 그녀가
고요히 배틀 앞에 앉아
톡톡 팝콘을 짜고 있네
그녀의 파리한 손끝에서
눈물로 짠
천 송이의 팝콘이
앙상한 뼈마디 위에
소복으로 걸렸네

아버지의 술잔

힘겨운 하루를 견딘 아버지
허름한 선술집에
등짐을 잠시 부려놓은 채
순대 몇 점에
탁주 한 사발
담배 한 대 피워 물고
연기에 시름을 얹어
허공으로 날리는 아버지
장남이라는 멍에를 지고
부모형제 처자식의
생계에 짓눌린 아버지
아버지의 술잔을 가득 채운 건
눈물과 한숨이 절반씩이다

박꽃

울 밑에 달 씨앗을 묻었다
씨앗은 단단한 터널을 거치며
환해지기 위하여
오랜 침묵의 길을 내고 있다
촉수로 더듬거리며
팔을 뻗어 목을 감는 여자
生의 감각기능도
때로는 고장 난 나침반 같아서
제멋대로 흘러가기도 한다
미사일이 나비보다 가볍게 날아도
장독대가 있는 담장 위에
둥실 달하나 띄우고 싶은 것이다
처마 밑에 검둥이 한 마리 졸고
댓돌 위 흰 고무신 한 켤레 놓인

따뜻한 그림 한번 그려보는 것이다
어미는 입대한 아들 걱정뿐인데
연평도 도발 사건에 속 시끄러워
정화수 떠 놓고
부디 무탈하라고 비는 달밤
그 간절한 소망 하나
이루어 주고 싶은 것이다

늙은 아비의 노래

이 생각 저 생각에 뒤척이다가
잠들지 못하는 밤은 길다
앞만 보고 달려온 길을 뒤돌아보니
아득히 두고 온 스물의 언저리에
저리도 싱싱한 푸른 꿈들이
알알이 주렁주렁 열려 있구나
내 고단한 삶 어디쯤인가
저 소중한 꿈들을 묻어 버렸다
아아 그래도 어딘가에
내가 살아가야 할 이유는 있으리니
남루하고 쓸쓸한 오늘이라서
내 가여운 삶의 굴레여
이제는 흐르는 눈물을 닦고
흩어진 매무새를 가다듬는다

동백꽃

외로움과 그리움을 섞어
슬픈 피 빛으로 묻어나는
고독한 그림자의 넋
맑게 씻은 별 하나 가슴에 묻고
기다림만으로 오늘을 사는 여자
앙상한 나목 사이로 잔설이 졸고
시린 뼈마디 사이로
하늘이 내려앉는 3월이여
뛰는 맥박으로
살아있음을 확인해 보는
내 서러운 삶의 부유

코스모스

아무도
찾는 이 없어
외로운 女子

속절없이
세월만 삼키다가

오늘은
말끔히 차려입고

정처 없이
길을 나선
이 쓸쓸한 여정이여

첫눈

기어 저편
아스라이

너의 가슴에
두고 온
첫사랑이

이제는
갈기갈기
파편처럼 흩어져

오늘은
내 가슴에
아픔으로 꽂히네

아버지의 솔밭

나라의 녹을 먹고 살면서도
아버지는 영락없는 촌부의 모습이다
일선에서 물러나면 소일한다고
고향마을 묵정밭에
솔 묘목을 식재한 아버지
자식 다독이듯 애인 어우르듯
그윽한 눈길로 바라보면
나날이 몸집을 불리는
제법 출가를 시켜도 좋을,
오늘은 입을 귀에 걸어놓은 아버지
공개 자랑질로
바닥을 다져 어깨를 으쓱한다
이제는 슬슬 판로도 열어야겠다고
솔밭에서 겉절이에
막걸리 파티도 해야 한다고

친구가 집을 지으면
기념 식수도 해주겠다고
댓글을 잘 달면
한그루 상으로 내리겠다고
저 많은 공약을
매끄럽게 걸어놓는 아버지
어쩐지
선거철에 난무하는 정치판을 닮았다
전지가위를 들고 껄껄거리며
친구들과 유유자적하게
막걸리 잔을 기울이며
푸르른 솔밭에서
흰 머리카락 펄럭이는 아버지
우리가 내일을 꿈꾸는
유토피아의 깃발이다

빗길

1.

빗속을 걸어 내게 온 당신은

싸늘한 등을 보이며

마침내 빗길을 걸어

멀리 떠나갔습니다.

이렇게 장대비가 내리는 날엔

어김없이 내 가슴에도

봇물이 터져

서럽게 비가 내립니다.

오늘도 홀로 우산을 펼쳐 들고

발길 닿는 대로 정처 없이

비 내리는

우울한 거리를 걸어갑니다.

어느 골목길 고요한 찻집에서나

혹은 낡게 취해노 융 될 것 없는

왁자지껄한 목로주점 한 귀퉁이에서

한 마리 사슴처럼

순한 눈빛을 한 당신이

길게 목을 늘이고

마냥 기다려줄 것만 같습니다.

가슴에 흐르는 강

몰랐습니다
다 버리고 비워냈는데
이렇게 외로움으로 채워져
흐르게 될 줄은

맑게 갠 날
강기슭을 거닐다
묵묵히 흘러가는 강물을 봅니다

청아한 하늘에
눈송이보다 새하얀
구름 한 점 흘러갑니다
외로움에 지친 초라한 얼굴 하나
그 위에 겹쳐집니다

무심코 돌멩이를 던져봅니다
이내 잔잔한 수면 위로
원을 그리며 파문이 입니다

행여
이 외로운 강물에 백조가 노닐면
기꺼이
내 안의 묵정밭을 갈고
깊이 잠든 씨앗들을 깨우겠습니다

다 버리고 비워낸 자리에
서러운 강하나
유유히 흘러갑니다

보석 가게 이 사장

보석 가게 이 사장이
반짝반짝 빛나는 반지를 골라주며
그냥 가지라고 한다
이건 아니지 싶어
지갑을 열려고 하니 그래도
그냥 가지라고 한다

그래도 장산데
이건 아니지 하는 내게
이건 아니지가 어딨나
잠자리 부족하면 부족한 대로
슬쩍 옆자리 밀어주면 되고

이건 아니지가 어딨나

밥그릇 부족하면
수저나 한 벌 더 놓으면 되고
입을 게 없다고 하면
두 벌 중 한 벌 내주면 되고

사람이 하는 일인데
부족한 대로 슬쩍 끼어 자고
나눠 먹고 나눠 입고

보석 가게 이 사장은
이건 아닌 게 하나도 없어서
혹한의 언 손도 따뜻하게 녹이며
제대로 굴러가는 세상을 만들지

2부

가난한 꽃

살구꽃 그늘아래서

살구꽃 하늘하늘 그늘아래서

달콤한 향기로 스며든 그대여

지는 꽃잎 우수수 흩날리던 날

아픈 사랑도 지고 있었네

잊지는 않으리라

다시는 사랑도 하지 않으리라던

모진 맹세도 날아가고

그대 바람처럼 다가와

찬란한 꽃으로 다시 피는가

아문 상처 다시 덧나고

영혼은 야위어 지쳐 가는데

어찌하여 그대는 도둑처럼 다가와

눈부시게 꽃으로 다시 피는가

목련화

앙상한 뼈마디마다

솜사탕인 듯
샛별구름인 듯

잔뜩
웅크리고 앉았더니

저기 좀 봐

수억 마리 鶴이 되어
훨훨 날아가네

미끼를 놓는 여자

소요산 길목에서
호객행위 하는 여자를 만났다
막걸리 한잔에 천 냥이라며
요염한 눈웃음으로
달콤한 호객을 하고 있다
세상의 남자들이여
눈 한번 질끈 감고
가던 발걸음 재촉할 일이다
오늘같이 스산하게
겨울비 내리는 날엔
서툴고 투박한 솜씨일망정
손수 김치찌개라도 끓여볼 일이다
오랜 친구 같은 지어미와 함께
불붙던 연애 시절 떠올리며

소주 한 잔 나누어 마시며

하룻밤 후끈 달아올라도 좋다

어머니의 손

두더지처럼 땅을 파며

한 生을 보낸 어머니는

아버지를 사랑하셨을까

어설픈 먹물이 든 아버지는

늘 바람이었음을,

온몸을 휘감는 미풍이거나

할퀴고 부수는 태풍이거나

한곳에 머물 수 없는 속성을,

장대비를 맞으며

논배미에 물줄기를 만들고

밭이랑에 엎드려

뙤약볕을 등으로

고스란히 받아내던 어머니

어머니, 무밭을 좀 보세요

세상 근심 없이

두 팔을 번쩍 치켜들고

노래나 부르자네요

잔뜩 바람 든 아버지처럼

단풍 구경이나 가자네요

주렁주렁 자식들을 안겨

어머니의 生을

두더지로 만들어버린 아버지는

알고 계셨을까요?

낡고 닳아 손가락무늬를 잃고

낙엽인 양

바스락대던 그 가여운 손을

가난한 꽃

울 샅에서 싹을 틔운 호박순이 담을 넘어간다 길 아니면 가지 말라고 넝쿨을 끌어당겨 제 아랫도리에 감아놓았다

똬리를 튼 뱀처럼 뱅뱅 돌린 넝쿨을 보며 꿈 하나 뻗어 갈 영토도 마련 못한 어미가 작아지고 있다

호박순은 놓는 데로 팔자가 정해지는 법이다 열매는 거름이 충분해야 한다던 옆집 여자의 말이 가슴에 서늘한 바람을 만들고 영양이 결핍된 곳에서는 늘 노란 꽃이 힘겹게 피고 있었다

오늘 소나기가 한차례 지나갔다
자동차와 사람들에게 밟히지 말라고 넝쿨을 끌어당

겨 놓고 아이들에게 전화로 안부를 묻는다

소나무

얼굴 한번 붉히지 않고

늘 청정한 몸으로

버티고 설 수 있는 건

유일한 복수인 널 용서했던 것

어디 맑기만 한 생이 있어

화려한 생이 있어

사계절 이리도 한결같을까마는

바늘 한 섬 제 몸에 꽂으며

잠 못 이루는 밤 다스려

소리 없는 통곡을 눈물에 담가

앙금을 떠 풀풀 하늘을 날아도

그대 때문에 울지 않으리

그대의 안부도 묻지 않으리

절절하게 끓어오르다

싸늘하게 식어 널어붙은

흘러간 내 헤진 사랑도

다시는 깁지 않으리

핑계

커피가 바닥 나
싱크대 구석에 쟁여둔
커피콩을 갈았다
장마 비가 지루하게
오락가락했고
산장의 커피숍에
앉아있는 듯 느낌도 좋다
문득 당신이 그리웠는데
집 안 구석구석을 채운
커피 향에 이끌리듯
당신이 현관을 들어섰다

내가 기별을 넣었던가

양파

다 알면서도
이리될 줄 알면서도
핑크빛
이브닝드레스를
벗기고 있다
그녀의 알몸이
드러나는 순간
내 눈에
피눈물이 흐른다는 걸

침묵의 깃발

요양병원 허름한 침상에
고목처럼 쓰러져 있는 어머니

한 때 모국어로 펄럭이던 깃발
검은 나비 한 마리
찢긴 날개를 접고
군데군데 얼룩을 피워 올렸다
마모된 집 한 채
붕괴의 조짐을 보이고 있다
꽃무늬 쟁반에 홍시를 담아놓고
덜컥 가슴이 내려앉는다
언제 한 번 꽃방석 위에
앉혀드렸을까 어머니

기억이 단맛이 혀끝에 닿사
병상의 어머니가 목에 딱 걸려
눈과 귀를 질끈 닫아걸었다
아아 어머니
다 파먹고 바닥이 드러난
텅 빈 곳간을 방치해 둔 채
검버섯 돋은 늙은 감 쟁반을
탐욕스럽게 끌어당기고 있다

미동도 없이 펄럭이는 깃발

민들레

오가는 발길을 묶고

눈길을 잡는

저 샛노랗게

강렬한 빛의 원천은

뭇 발자국에 밟히면서도

꿋꿋이

모진 한파를 견디고

고 작은 몸으로도

나 여기 있어요

자신의 존재를

당당하게 드러내는

승리의 깃발이다

까치밥

뒤 곁
늙은 감나무가
긴 잠에서 깨어나
다소곳이 면사포 쓴
5월의 신부 되어
동짓달 가없는 허공에
까치밥을 매달았네

가을날의 삽화

이곳저곳에서 토해내는 절규가
함성으로 들리던 날
바람 편에 지천으로 날아든
부음을 받고 조의를 표하러 간다
산에도 들에도 거리에도
온통 주검들이 널브러져 있나
빨간 벽돌집 문 안에선
한 사내가 주검들을 비질하고
여자는 표정 없는 얼굴로 쪼그려 앉아
성냥을 쓰윽 그어 주검들을 화장한다
문득 기억 저편에서 카라 깃을
꼿꼿이 세운 소녀들이
재잘거리며 깔깔대며
한 편의 주옥같은 시를 중얼거리며

교정에 쌓인 낙엽을 밟고 지나갔다
곳곳에 설치된 중환자실엔
신열에 들뜬 환자들이 넘쳐난다
왈칵 목구멍까지 솟구치는
피맺힌 설움 한 덩이 뱉어내고
아직은 심장이 따뜻한 주검들이
쉬지 않고 내 몸 위로 쌓여갔다
우리는 따뜻한 체온을 섞고
푸른 하늘이 낯설어 눈을 감았다

호상(好喪)

누가 가을이라고 말하고 썼다
사람들은 삼삼오오 제잘 대며
산 속으로 들어가 단풍 들었다
살 오른 가을이 맛있다고
바다로 떠나기도 했다
푹 익어 곰삭은 계절
축제도 후끈 달아올랐다
사이렌을 울리며
구급차를 타고 간
408호 할아버지는
호상이라고 술잔이 돌았다
천지가 흠뻑 취해
빨강 노랑 꽃을 피웠다
이승의 요식행위를

마치 할아버지가 선신에 입성했다
한 번도 물들지 못한 아이를
강물에 뿌린 푸른 어미는
가슴에 멍 자국을 찍고
가을의 축제는 막을 내렸다
갈채에 싸여 찬란한 무대에서
한 시대를 풍미하던 목숨들이
요양원마다 휴지처럼 구겨져 있다
세상이 단잠에 빠져있는 새벽
미화원들이 호상이라고 수군대며
떨어진 목숨들을
자루에 쓸어 담고 있다

트릭(trick)

지구 한쪽에서

자매가 소꿉놀이를 한다

제 것은 포장도 그대로인 채

동생 것만 갖고 노는 언니다

동생도 수틀리면

제 물건에 손을 못 대게 한다

티브이에서는

제 핏줄을 겨냥한 도발 사건*을

대대적으로 보도하고 있다

포탄을 퍼붓자

검은 연기 기둥이 하늘을 덮는다

후진타오와 오바마의 우산 밑에서

형제가 벌이는 전쟁 놀음이다

제 동생이 제 것임을 고수하자

아줌마 이거 얼마에요

천 원인데요

자요

빈주먹을 내미는 데도

덥석 제 물건을 내주고 만다

핵만 믿고 물불을 가리지 않는데

작은아이가 어리석다고

차마 말 못하는 나는 어미다

연평도 포격(延坪島 砲擊) 2010년 11월 23일 오후 2시 30분

참새들의 수업 시간

그 여자의 집
마당 가 나무숲 교실에서
도강설이 솔솔 흘러나왔다
가을 들판을 휘저어놓고
우르르 몰려와 수런대는 새 떼들
이미 허수아비 기만한 죄로
수배 중에 있는지도 모를 일이다
어쩌면 반가의 피붙이들인지
개나리 나뭇가지를 책장처럼 넘기며
가갸거겨 글공부에 물이 올랐다
포르릉 짹짹 하나 둘 셋 넷
날렵한 동작으로 몸풀기도 하면서
재재재 수다도 떤다
온 천지 꽃 그림자 맑은 계절엔

새들도 감상문을 쓰는지
개나리 꽃가지에 앉아
온몸으로 꽃의 무늬를 읽으며
쓰고 그리고 지우고 북새통이다
오선지 위에서 음표가 통통 뛰고
화선지 위에서 풀벌레가 기어가고
원고지 위에서 문장이 꿈틀댄다
새들의 기미를 엿보던 여자가
삼각대를 세우고 화구를 펼쳐놓는다
새들의 일거수일투족이
여자의 손끝에서 낱낱이 기록될 것이다
그 여자 목하 증거 수집 중이다

단풍나무 아래서

심장에

생명을 불어넣고

타오르는 빛을

사랑이라고 쓴다

사랑을 먹고

완성된 당신의

여자가 되는 법

노을과 몸 섞는

단풍나무 아래서

비로소 알았네

11월

나엽
한 장의 가벼운
무게로

꼭 그만큼의
무게로
내게 온 당신은

바람에 실려
나비처럼 날아갔다
살랑살랑

3부

봄날의 스케치

차가운 장미

차갑게 식어버린

불꽃 한 송이

소나기 한줄기

타는 목을 축이고

지나간 거리에서

홀로 싸늘하게 식은

마음 밭을 갈고

차디찬 불을 지피는

고독한 붉은 손길

만추

누구일까
저 광활한 캔버스에

저리도 황홀하게
저리도 풍성하게
저리도 뿌듯하게

고스란히 결실을
담아낼 줄 아는 이는

시월의 장례식

겨울 한 철
동면에 드는 나무들은
뒷모습을 보이며
떠나가는 시월의 장례식에
기꺼이 상복을 입는다

색 바랜 들뜬 뒷이야기가
무성하게 쌓이는 계절
바닥 난 시월이 드러눕는다
만장을 펄럭이며
만가를 부르는 이여
나무는 상복을 벗어버리고
꿈속으로 빠져들고 있다

다시는 돌아오지 않을
시간을 가슴에 묻으며
오래전 떠난
아픈 사랑도 함께 묻는다

봄날은 갔다

그는 날마다 이력서를 썼고
나는 가볍게 사표를 썼다

세월이 강물처럼 흐르고
나는 이제 꽃이 아니라는데

오늘은 내가 이력서를 쓰고
그가 가볍게 사표를 쓴다

3월

긴밤

이 구석 저 구석

몸 씻는

물소리 들리더니

오늘 아침

분단장한 새댁이

만삭이 된

배를 내밀며

수줍게 웃는다

아름다운 붕괴

그리도 빛나게 찬란했던 목숨들이 짧은 생애를 마치고 쑥쑥 치솟는 푸른 기운에 밀려 후드득 떨어져 쌓인다 섬세한 빗줄기와 바람 줄기가 몸 섞어 그 일에 가담하는 무너져 내리는

봄날

출산

어젯밤
만삭의 아랫집 새댁이
산고를 치르느라
북새통이다

한잠도
이루지 못한 채
이른 새벽
그녀의 집으로 갔다

살구꽃이 새침한 얼굴에
이슬 한 방울 낳아놓고
환하게 웃고 있다

넝쿨장미

햇살 좋은 날
5월의 女子들이
담장을 타고 앉아
행인을 홀리고 있다
푸른 치마 바람으로
빨간 입술을 벌리면
스치던 바람 한 줄기
흐르던 시간도 머물고
늙은 女子나
젊은 女子나
이제 막 눈을 뜬
어린 계집아이까지
저토록 요염한
웃음을 흘리다니

반반한 얼굴 하나루

뭇 발길을 묶는

저 달콤한 유혹의 城

그러므로

내 육신은 조촐한 식탁과 안락한 의자와 포근한 침대에 안주한다 때로는 우아하게 더러는 강하게 탄력을 유지한다 내 영혼은 안주 하지 못하고 늘 방황한다 육신은 이미 늙었고 영혼은 아직 젊었으므로

나는 때때로 절망한다 영혼이 빠져나간 육신은 가을걷이를 끝낸 빈 들판처럼 허허롭다 술을 불렀다 슬픔의 강은 더 깊어갔고 외로움의 탑은 더 높아갔으며 그리움의 불길은 걷잡을 수 없이 타올랐다 나는 영혼을 다스리지 못한다 이미 죽음보다 깊이 잠들었으므로

아까시꽃

화장기 없는 말간 얼굴로
그녀가 귀가를 알려 왔다

부드러운 오월의 미풍에
그윽한 향기를 실어

이미
체취에 익숙해진 내게
자신의 존재를 드러내는

입추(立秋)

아직

八月의 女子

더운 몸

추스르지 못해

걸핏하면 눈물 바람인데

새벽녘

긴긴 여정에서 돌아와

황급히

서늘한 이마를 들이미는

九月의 男子

일기예보

삼단 같은 머리채에
참빗질도 곱게
금박댕기 세모시 한복
단아한 차림의 그녀가
한가롭게 꽃밭을 거닐고
꽃들이 활짝 웃는다

머리채 풀어 산발하고
풀어진 눈동자의 그녀가
민망한 차림새로
웃는 꽃들이 수상하다

그 봄날에

그대 가슴 한쪽에
한 점
그리움으로 살고 싶었네

그지없이 평화로운 봄날
연둣빛 이파리 사이
결 고운 미풍마저
졸음에 겨운 한낮

유유히 흐드러진
꽃 숲을 유영하는
벌 나비 떼를 보며
나도 꽃피고 싶었네

그대 가슴 한쪽에

한 점 그리움으로

활짝 피고 싶었네

겨울비

저 혼자
후끈 달아올라

원앙금침
펴기도 전에

차갑게
젖어 드는
서러운 몸짓

봄날의 스케치

햇병아리처럼 귀여운 개나리들이 무리를 지어 해바라기를 하며 노란 주둥이를 내밀고 조잘대는 한 낮, 이제 막 사춘기에 들어선 진달래가 홍조 띈 얼굴로 방긋 웃고요. 혼기가 꽉 찬 목련이 깊은 상념에서 깨어나 벙글 입이 열리는 찰나 세상은 환한 빛으로 싸여 침묵하고요 양지바른 둔덕의 늙은 할미는 꽃이라고 나서기가 겸연쩍어 고개를 들지 못하고 수줍습니다.

아까시나무의 사랑

저주받은 거다 온몸에 가시를 달고 외씨버선을 닮아서 서러운 여자다 잡초 같은 삶이라 애당초 규방은 꿈도 꾸지 않았다 어쩔 수 없이 가슴이 뜨거운 날은 먼발치서 숨소리도 죽이고 서성거렸다 내 존재가 징후를 드러내는 계절에 드디어 나는 꽃 핀다 환한 깃발 나부끼는 화려한 봄날 꽃이라 불리지도 못한 채 쓸쓸해서 소박한 웃음을 접고 질푸르게 무성한 머리채 푸는

월담

봇물 터진 듯
꾸역꾸역 담장을
기어오르는 담쟁이들
무전여행을 나선 것인지
차비가 떨어졌는지
저 여자들 간도 크지
무임승차는 벌금 30배라고
덕정역 이마에
떡하니 나붙었던데

석모도에서

낚시도구도 변변치 않은데
애당초 월척을 낚기는 글렀던 게지
도랑물 첨벙대며
송사리 피라미나 낚던 솜씨로
수심 깊은 바다 속을 들여다보며
대어를 꿈꿀 수 있었는가 몰라
앙칼진 황사 바람이 온몸을 휘감아 돌고
날리는 치맛자락 눈 앞을 가리는데
사납게 달려드는 갈매기 떼 훠이 훠이
이미 그때 훤하게 날 샜는지 몰라
미끼라고 덥석 물어줄까 몰라
시름을 떨구려고 하늘을 보니
반짝 은유가 파르르 떨어라
부정 탈라 조심조심 낚싯대를 당기는데

어라 가벼운 손맛이 영 개운치 않더라니

지난여름 두고 간 연인들의 심장이

파닥파닥 숨 쉬는 바다에 와서

조가비 하나 건져 올리지 못한

이 허무한 빈손을 어디에 둘지 몰라

살구

옛날 옛날에
뒤란 장독대 옆에서
보리살구가 익어갈 즈음

신 것이
당기는 임산부들
살구나무를 올려다보고
입안에 고인 침을
꼴깍 삼키고

눈치 빠른 엄마는
얼른
한 바가지 뚝딱 따 담아
내 손에 들려 보내시고

오늘 살구를 따며

어린 시절로 돌아가

입가에 미소가 맴돌고

연기자들

문학상을 받는 주인공에게
국화꽃 한 다발 덥석 안겼다
짝짝짝 박수 치고
술과 밥을 얻어먹고 노닥거리다
바쁜 척 그 자리를 빠져나왔다
단풍도 들지 않은 푸른 시인이
상처를 했다고
낙엽처럼 부음이 날아들었다
낯선 여자가 하얀 이를 드러내며
국화꽃에 둘러싸여 환하게 웃는다
슬픈 표정을 만들며
영전에 꽃 한 송이 올려놓고
눈을 감고 삼가 명복을 빌었다
식사 좀 하라 해도 아니라 하고

차를 한 잔 해라 해도 되었나 하고

교양 있게 상가喪家를 빠져나왔다

노란 국화와 하얀 국화의

경계를 넘나들며

능청스레 시치미 뚝 떼는 일

가을이 온 것처럼 익숙한 일이다

4부

견고한 집

세월

참

매몰차고 무정도 하오

한 번도

쉬거나 뒤돌아보지 않고

한 걸음

걸음마다 추억 하나를

툭 툭

던져 놓고 과거를 만들어 놓고

이제는

송두리째 삼키려 하오

낙화

저만치

사랑이 가네

한 장

두 장

눈물 콧물 찍어낸

얼룩진 손수건이

뚝뚝

떨어져 쌓이네

버스를 기다리며

세종 터미널에서
귀갓길 버스를 기다는데
우뚝 솟은 청사를 끼고
고요히 금강이 흐른다
버스가 줄지어
출발 시간을 기다리고
느리게 혹은 빠르게
사람들이 지나간다
버스에 오르는 순간
너와 함께 엮어온
세월을 잘라내어
저 강물에 띄우고
비워서 가볍게 돌아가리라
우뚝 솟은

세종청사를 뒤로하고

저기 저 꽃잎처럼 져버린

내 청춘의 진혼제를 위하여

두 눈 가득

금강을 담아가리라

사랑

호박순이

손을 내밀자

키 큰 감나무가

제 몸을

슬쩍 기울였다

만리장성을 쌓았는지

호박순이 두 팔로

감나무의 목을 감고

올려다보는

난

늘

푸르고

곧은

몸과

마음을 다스려

고매한

기품의 깃발을

뽑아 올린

한 떨기

조선의 얼

가면 놀이

그가 영혼도 없이 다녀가고
빈 찻잔 두 개가 마주 보고 있다
아쉬움과 치사한 달콤함과
침묵으로 쌓은 탑은 높아만 갔다
한때 몸짓하나 숨소리 하나에
문장을 만들어 의미를 날랐던
유연한 봄날은 무너지고 있다
멍한 눈으로 딴 곳을 바라보는
그를 옆에 두고 있는 건
별리보다 더 큰 고통이었다
그걸 알면서도 홀로 남는다는
그 무게를 감당하기 두려워
밀어내지 못하는 지도 몰랐다
그가 영혼도 없이 다녀가고

머물던 자리마다 매운바람이 분다
꼭 그만큼의 거리를 유지한 채
여전히 전화를 걸어올 것이고
나는 평온을 가장하며
쓸쓸한 웃음을 흘릴 것이다
바닥인 걸 짐짓 모른다는 듯
아무 일도 모른다는 듯

견고한 집

나는 세상에서

가장 견고한 집을 가지고 있었다

아니다 그렇다고 믿었을 뿐이다

늘 혼자였으나 외롭지는 않았다

아니다 그렇다고 말했을 뿐이다

높이 굳게 철옹성을 쌓았으며

아무도 내 아성을 넘볼 수 없었다

나름대로 꽃을 피워냈으며

음악이 흐르는 평화를 즐겼다

간혹 문을 두드리는 이가 있었으나

절대로 문을 열지 마

아무도 안으로 들이지 말라고

내 안의 나에게 소리쳤다

그는 늪이야

한 발을 빼면 더 깊이 빠져드는,

가장 거룩한 이름으로 왔다가

가장 추한 이름으로 돌아가는,

또 다른 내가 외쳤다

겁내지 마 당당하게 맞서봐

그건 결국 살아있다는 몸짓이므로

누구세요

유들유들하고 뻔뻔한,

정교하고 견고한

그리움 한 덩이

내 안에 척 버티고 앉아

제집처럼 버티고 앉아

잠을 잊은 채

식음을 전폐한 채

내 혼을 갉아

잠식해 들어가는 너는

명자

첫사랑 그녀 명자

햇사과처럼 두 볼을 붉게

물들이던 명자

그녀와 헤어진 후

오래도록 신열을 앓았다

시간을 갉아먹고 어른이 되고

귀밑머리 희끗한

초로의 여인이 된 명자

누가 부르는 소리에

창밖을 내다보니

빨간 립스틱 진하게 바르고

수줍은 듯

화사하게 서 있는 명자

재인폭포

목숨을 내놓고
한 남자만
섬기겠다던 여자

하늘이 무너져도
한 여자만
품겠다던 남자

악마의 마수에
남자는 지고
여자도 남자를 따라
꽃잎처럼 지고

남자의 피맺힌

절규가 흘러내려
어둡고 서늘한
웅덩이를 만들고

여자의 넋은 둥둥
물방울로 떠 운다

산골짜기의 봄

남쪽 나라에
꽃 핀다고 한 게 언젠데
꽃 진다고 한 게 언젠데
화천 산골짜기의 봄은
아득하게 멀기만 하다
필까 말까 피어도 되려나
금낭화가 고개를 갸웃거리며
바깥 동정을 살피고
아직 개울가엔
얼음장이 두터운데
4월이라고 피었다가
된서리를 맞으면 어쩔거나
동강 할미가 입을 꼭 다물었다
날씨가 영하로 곤두박질치고
눈보라가 휘날리자

까치발로 밖을 내다보넌
매 발톱이 놀라 움츠리고
후다닥 놀란 산 매화가
머금던 미소를 거두어들였다

맨드라미의 사랑 법

내가 당신을 만나 활활 타올랐을 때, 걷잡을 수 없이 타올랐을 때 연기도 없이 꽃을 피울 수 있었던 것은 빠져나갈 출구가 없었던 까닭입니다 애당초 출구가 없는 세상은 소통의 부재를 낳습니다 소통의 부재는 빠르게 바닥을 드러내는 법이라서 멈춤 신호등 앞에 딱 걸리고 말았습니다

연기를 뱉어내지 못해 연소되지 못한 심장이 선지보다 붉은 저주의 탈을 쓰고 한낮 빈 길목을 쓸쓸히 지키고 있습니다

담쟁이

태어나면서부터
당신을 사랑해야 할
운명이라면
한 生을 당신의
그림자로 살아야 하리
울안에 갇힌 채
당신께 가는 길은
언제나 아득하여라
얼마나 더
오르고 올라야
담장 너머 당신에게
닿을 수 있을까
얼마나 더
가슴을 쥐어뜯어야
당신의 두 손을
잡을 수 있을까

잔설

변심한 애인처럼
싸늘한 공기가
온몸을 휩싸며 돌고
당신이 놓고 간
미움 한 자락
밤새 녹아내리고
도봉산 기슭 언덕배기에
더운 숨결
불어넣는 사람이 있다
문득 마당바위
저편을 바라보면
낮게 엎드린
소나무 아래
누군가 소복 한 벌
얌전하게 벗어놓고
사라진 3월

저문 강에서

시들었다고 꽃이 아니라시면
이제는 떠날 때가 아닌가 하여요

한순간도 시든 적이 없었는데도
그대가 그렇게 보고 있다면
완전히 떠난 게 아닌가 하여요

그대 때문에 여자가 되었는데
여자가 아니라 하시오면
그대도 내 남자는 아닌가 하여요

이제 그대가 등을 돌린다 해도
홀가분하게 보낼 수 있겠어요

에필로그(epilogue)

시를 왜 쓰냐는 질문을 받는다.

나는 행복해지려고 쓴다는 답을 한다.

유명세나 물욕에서 자유로우니 정말 행복했다.

절실하지 않았기에 무릎을 꿇거나 당연히 비굴하지 않아도 되었다.

허접한 시를 쓰면서도 때때로 곳곳에서 즐거웠다.

가난해도 부끄럽지 않았고 부끄럽지 않으니 떳떳했다.

주인을 닮아 내 가난한 시와 손바닥만 한 기찻길 옆 오막살이와 서너 평의 텃밭이 유일한 재산이며 스승이며 벗이 되어 주었다.

이만하면 역설적이게도 나는 가난한 부자다.

무명의 시인이 얼마나 큰 장점인가를 이 나이가 되어서야 깨달았다.

하루아침에도 나락으로 굴러떨어지는 유명세 따위로 세간의 입에 오르내릴 필요가 없으니 그 또한 자유해서 좋다.

온 선시가 완한 봄날이다.

마당가에 상추 몇 포기 가꾸며 직접 묘목을 심어 핀 흐드러진 살구꽃을 바라보는 재미는 감동이다.

사립문 울타리에 올린 장미 넝쿨도 꽃 피울 준비가 완벽한 모습이다.

살구나무 그늘아래 놓아둔 탁자와 의자도 점검하고 초대할 지인도 염두에 두는 등 덩달아 마음이 바빠지는 5월이다.

그러나 서둘지는 말자.

2020.5.

임영희 시집 『나비가 되어』 해설

- 어둠 속에 빛을 발하는 반딧불 같은 꽃들의 집

최한나 시인

무릇 詩를 말할 때, 시는 언어의 향연장이며, 모든 찬사와 탄성과 감동은 그 말의 불꽃놀이와 유사하다고도 한다.

우리가 익히 알고 있듯이 서정시라 함은 근본적으로 자기 표현이 내면을 토로하는 것에 있는 것이기도 하다. 자신의 현실이나 타자를 향해 힘껏 나아갔다가 다시 본인의 내면으로 힘겹게 회귀하는 경로를 밟는다고 하는 것이 맞을 것이다.

이러한 서정시의 경로를 두고 우리는 자아인 주체와 타자 사이의 결속 욕망이라고 이름 지을 수 있다. 이러한 시적 욕망을 완벽하게 다 충족할 수는 없다. 때문에 결핍과 유예를 숙명적으로 가지는 미실현(未實現)의

형식일 것이다. 그럼에도 불구하고 그 욕망은 영속적인 생성과 소멸의 과정을 통해 한 편 한 편 詩의 모습으로 탄생하게 된다. 이것은 시인의 길을 가는 한, 하나의 멍에 같은 것이다.

필자가 임영희 시인을 처음 만났던 오래전의 그날이 떠오른다. 어느 작가들의 모임이었는데 그이의 작품이나 성품이 참 소박하고 따뜻하며 겸손하다는 느낌이 첫인상이었다. 마치 친정 언니 같은 정이 뚝뚝 떨어지던 그 푸근함은 지금껏 선명하게 각인되어 있다. 역시 시에서도 그러한 향기가 발하는 느낌이었다고나 할까.

임 시인을 떠올리노라면 특유의 구수한 문장들이 주르륵 흐른다. 그 손에 들고 있는 붓 한 자루가 시의 옷들을 그려내고 지어내어 세 번째 시집을 선보이게 되었다. 여성 특유의 향토적 정서를 바탕으로 한 세밀하면서도 모성이 스민 시들을 필자는 인상 깊게 읽었다. 마치 한 권의 회고록을 읽듯, 고개 저절로 주억거리며 술술 읽히는 시집(詩集)이다.

꽃, 나무, 나비와 새들…. 사계절이 상영되는 시인의 작은 집, 그녀의 삶, 그리고 인간의 생로병사(生老病死) 마저 아우르듯, 마음속에 그림으로 그려지는 시들! 어쩌면 문학적인 기교나 과장 없이 진솔하게 써 내려간 친근한 필체로 그려낸 하나의 (시집이라기보다)화집(畵集)이라고 말하고 싶은 것은 나만의 느낌일까?

이번 시집에는 시인의 일상들과 그의 따뜻한 가치관이나 소박한 삶의 철학 등이 응축되어 있다. 자칫 자신의 안으로만 침잠하는 듯 보일 수도 있으나, 타자를 향해 손짓하는 정 많은 서정에서 고독감이 얼핏얼핏 스치기도 한다. 뜨겁게 열망하지만 때론 수줍기도 해서 질 때가 되면 비울 줄도 아는 꽃들처럼, 그러한 감성이 임영희 시인만의 향기로 다가온다. 겸손하게도 임 시인은 본인을 무명 시인이라고 표현하곤 한다. 하지만 나는 임 시인의 진정성 물씬 풍기는 다정한 언어 표현 기법과 옆집 언니 같으며 어머니 같은 안정감 있는 모국어의 설득력을 장점으로 꼽으며 박수를 보내는 사람 중 하나이다. 머리를 쥐어뜯어가며 읽지 않아도 가슴에 와닿아 이해하고 공감할 수 있는 화법의 작가가 바로 임영희 시인이기 때문이다.

인성수양이 덜 되어 시인도 뭣도 아닌 그런 거만함과 지적 허영에 둥둥 떠다니는 자들이 많은 세상이다. 시가 뭔지도 모른다는 사람들조차도 시인들을 경멸하며 탄식하기도 한다. 깊은 사유와 맑은 시심을 안고 살며 그것을 글로써 표출한다는 면에서, 누구나 시인일 수 있다. 모든 인간은 노래할 줄 알고 내면의 소리를 읊조릴 수 있는 서정적 본능이 있다. 그러므로 시는 만인의 지적 유흥과 정화의 한 축을 담당하는 문화의 꽃인 것이다.

여기 키 작은 나무들과 이름 모를 들꽃들과 바람이 사는 들판을 가르는 작은 길이 있다. 그 가운데를 한 여인이 하늘하늘 걸어간다. 치맛자락이 바람에 흔들리듯 때론 삶이 흔들리기도 했으리라. 때론 나비가 잠시 앉았다 가버린 여운에 취해, 얼굴이 익기도 했으리라.

때론 달빛 아래 하얗게 기도하는 박꽃의 마음으로 빚어낸 그런 시의 얼굴들을 꼼꼼히 더듬어 보기로 한다.

그 여자의 집

마당 가 나무숲 교실에서

도강설이 솔솔 흘러나왔다

가을 들판을 휘저어놓고

우르르 몰려와 수런대는 새 떼

이미 허수아비 기만한 죄로

수배 중에 있는지도 모를 일이다

어쩌면 반가의 피붙이들인지

개나리 나뭇가지를 책장처럼 넘기며

가갸거겨 글공부에 물이 올랐다

포르릉 짹짹 하나 둘 셋 넷

날렵한 동작으로 몸풀기도 하면서

재재재 수다도 떤다

온 천지 꽃 그림자 맑은 계절엔

새들도 감상문을 쓰는지

개나리 꽃가지에 앉아

온몸으로 꽃의 무늬를 읽으며

쓰고 그리고 지우고 북새통이다

오선지 위에서 음표가 통통 뛰고

화선지 위에서 풀벌레가 기어가고

원고지 위에서 문장이 꿈틀댄다

새들의 기미를 엿보던 여자가

삼각대를 세우고 화구를 펼쳐놓는다

새들의 일거수일투족이

여자의 손끝에서 날날이 기록될 것이다

그 여자 목하 증거 수집 중이다

-「참새들의 수업 시간」 전문

동화 같은 발상이 돋보이는, 한 폭 그림 같은 시다. 이 그림 속에 퐁당 빠져들어 노래하는 참새들처럼 살고픈 소망이 얼비친다. 어깨춤 리듬감이 덩달아 피어나는 시인의 맑은 화합을 소망하는 마음이 돋보이는 작품이다. 언젠가 방문해서 차 한 잔 나누고 왔던 전원 속 아늑한 집, 아담한 정원에 줄장미 흐드러지고 나리꽃이며 채송화, 봉숭아꽃 등등. 그리고 상추, 부추, 호박넝쿨, 포도나무, 감나무 아래 토끼 두 마리가 살던 임 시인의 그 집이 떠오른다. 새들도 잠시 날아와 쉬다가 詩를 낳고 가고. 감상문을 쓰듯 꽃들이 피어나고, 가끔은 화가가 되어보기도 하는 시인을 키워내는… 그 작은 영토에 펼쳐지는 별세계 풍경이다. 한 마리 참새가 되어 시인의 정원에 날아 들어가 날갯짓을 처음부터 다시 배워 그 나라의 음표들로 악보 하나 그려내고 싶어진다. 이런 이상향이 전혀 실현 불가능한 세계는 아닐 것이라 여겨지기도 한다. "그 여자 목하 증거 수집 중"이라 하는데, 이렇게 새들의 일거수일투족을 기록하는 시인이 있기 때문이다.

보릿고개가 녹록지 않던 시절
까무잡잡한 깡마른 계집애는
단발머리 나풀대며

거침없이 산과 들로 내달렸지요
송홧가루 풀풀 쏟아져 내리고
진달래꽃 따고
산딸기 따고
달래와 쑥과 씀바귀를 캤지요

여덟 살 적엔 엄마 손에 이끌려
경쟁 구도의 첫 관문인
읍내 국민학교에 입학했지요
망아지처럼 뛰어놀던 들판보다
넓은 세상이 펼쳐진다는 것도
어렴풋이 깨달았지요

검정 교복에 흰 카라가 눈부시고
오리표 운동화를 신던 날
고삐 풀린 망아지는
가슴 설레는 나비가 되었지요
하얀 양말 접어 신은 두 발을

운동화 속에 쏙 집어넣으면

한 마리 날개 달린 나비가 되어

나는 듯 가볍게

사뿐사뿐 앞으로 달려갔지요

가슴 가득 꿈을 안고

훨훨 날아가는 나비가 되어

-「나비가 되어」 전문

어린 날 시인의 초등학교 입학 날의 그 어린이다운 모습에 이어 소녀 시절까지 선하게 그려지는 위 시 속으로 들어가 보자.

혹자는 말했다. 인간은 추억을 먹고 사는 동물이라고. 왜냐하면 한 개인의 추억은 존재감의 내면화가 되기도 하며, 자화상의 바탕이 되어 인생이라는 집의 초석이 되기도 하기 때문이다. 그리고 때론 다시 일어서게 하는 에너지로 작용하기도 하는 것이기 때문이다. 보릿고개, 녹록하지 않던 시절의 깡마른 계집아이가

사뿐사뿐 앞으로 달려가던 어린 날들. 그리고 하얀 카라를 세우던 소녀 시절. 마냥 '설레는 나비' 같던 그 시절을 그리워하는 화자의 마음이 짠하다. 허나 그 그리움의 힘이 현재의 화자를 소녀처럼 살게 하는 동력으로 작용하기도 하는 것이다. 나풀나풀 나비가 되어 살던, 순수하고 꽃다운 시절이었으리라. 그 여린 서정의 발로(發路)가 평생 시를 사모하며 일구는 길로 인도했으리라는 짐작도 해본다.

인간이 살아가는 것은, 인생이라는 한 권의 책을 기록해가는 여정이다. 그 여정 속에서 과거의 어떤 페이지들은 되짚어볼수록 지금의 나와는 너무도 거리가 멀어서 슬프도록 아름답기도 하고, 때론 삶의 깊이에 더 잠겨보게도 한다. 그 향기는 저마다 다르겠지만, 그것들을 시어로 직조해 낸다면 한 편의 시가 탄생하는 것이다. 그것은 내재된 꽃씨들이 눈을 뜨고 꽃이 되어 피어나는 것과 같다. 시인이 걸어가는 시의 여정이 詩라는 운동화를 신고 사뿐사뿐 달려보기도 하며 혹은 훨훨 나비가 되어 날아오르는 길이 되기를 비는 마음이다. 이번 시집에는 꽃의 비중이 상당한 편이다. 아마도 전원 속에서 꽃들과 함께 사는 환경적 요소에 기인하는 지도 모르겠으나 꽃 속에 묻혀 사는 '꽃의 시인'이라고 명명하고 싶을 정도로 꽃을 보는 심안(心眼)이 꽃보다 깊다. 꽃 詩 중 하나인 또 다른 시 「박꽃」을 감상해 본다.

울 밑에 달 씨앗을 묻었다
씨앗은 단단한 터널을 거치며
환해지기 위하여
오랜 침묵의 길을 내고 있다
촉수로 더듬거리며
팔을 뻗어 목을 감는 여자
生의 감각기능도
때로는 고장 난 나침반 같아서
제멋대로 흘러가기도 한다
미사일이 나비보다 가볍게 날아도
장독대가 있는 담장 위에

둥실 달하나 띄우고 싶은 것이다

처마 밑에 검둥이 한 마리 졸고

댓돌 위 흰 고무신 한 켤레 놓인

따뜻한 그림 한번 그려보는 것이다

어미는 입대한 아들 걱정뿐인데

연평도 도발 사건에 속 시끄러워

정화수 떠 놓고

부디 무탈하라고 비는 달밤

그 간절한 소망 하나

이루어 주고 싶은 것이다

-「박꽃」 전문

'아름다움은 영원한 기쁨'이라고 존 키이츠가 말했듯, 꽃은 인간에게 기쁨을 준다. 하여 무릇 꽃이라 하면 아름답고 화려한 이미지를 상상하는 것이 보편적이겠지만 시인의 눈은 애틋한 모성의 시력으로 달빛 아래 피어나는 박꽃을 시 속에서 다시 피워낸다. 어머니, 엄마의 가슴으로 보는 처연하면서도 창백한 꽃, 그 박꽃을 조명한 행간마다 독자로 하여금 아득한 젖무덤을 그리게 하는 감성이 흐른다. "환해지기 위하여 / 오랜 침묵의 길을 내고 있다"는 꽃의 길이 곧 어머니의 흰 고무신이 가는 젖줄의 길이다. 정화수와 달밤이 주는 의미는 애끓는 모성의 극치, 군대 간 아들을 위해 치성 올리는 달밤, 유심히 볼수록 눈부신 박꽃의 이미지야말로 일방적 자기희생의 어머니에 닿아 있음이다.

같은 주제의 시 또 한 편을 음미해 보자.

울 살에서 싹을 틔운 호박순이 담을 넘어간다 길 아니면 가지 말라고 넝쿨을 끌어당겨 제 아랫도리에 감아놓았다

똬리를 튼 뱀처럼 뱅뱅 돌린 넝쿨을 보며 꿈 하나 뻗어 갈 영토도 마련 못한 어미가 작아지고 있다

호박순은 놓는 데로 팔자가 정해지는 법이다 열매

는 거름이 충분해야 한다던 옆집 여자의 말이 가슴에
서늘한 바람을 만들고 영양이 결핍된 곳에서는 늘 노
란 꽃이 힘겹게 피고 있었다

오늘 소나기가 한차례 지나갔다
자동차와 사람들에게 밟히지 말라고 넝쿨을 끌어
당겨 놓고 아이들에게 전화로 안부를 묻는다

-「가난한 꽃」 전문

흔히들 여성을 꽃으로 비유하는데 꽃답지 않은 여자들도 허다한 세상이다. 하지만 애틋하며 희생의 향기를 가진 꽃, 가난한 어머니라는 꽃 중의 꽃도 있다. "길 아니면 가지 말라고 넝쿨을 끌어당겨 제 아랫도리에 감아놓았다"는 진술은 비록 가난하더라도 자식들이 비굴하게 살지 않기를 바라는 어미의 마음이다. 가난하기에 더욱 더 호박순 같은 새끼들을 끌어당기는 엄마, 그런 어머니가 꽃이 아니면 세상에 무엇이 꽃이

랴! “똬리를 튼 뱀처럼 뱅뱅 돌린 넝쿨을 보며 꿈 하나 뻗어 갈 영토 하나 마련 못한 어미가 작아지고 있다” 라는 고백은 자식에게 남들처럼 충분히 다 못해주는 어머니의 애끓는 눈물이 뼛속으로 흐른다. 가난한 어미의 절절한 모성애를 응축한 표현이다. 빈곤의 삶일지라도 엄마가 있는 풍경엔 늘 햇살이 있다. 특히 이 땅의 가난한 어머니들이야말로 이 지구를 이끌어가는 진정한 전사들인 것이다.

그녀의 파리한 손끝에서
눈물로 짠
천 송이의 팝콘이
앙상한 뼈마디 위에
소복으로 걸렸네

-「살구꽃」 중에서

맑게 씻은 별 하나 가슴에 묻고

기다림만으로 오늘을 사는 여자

앙상한 나목 사이로 잔설이 졸고

시린 뼈마디 사이로

흰 눈이 내려앉는 3월이여

뛰는 맥박으로

살아있음을 확인해 보는

내 서러운 삶의 부유

-「동백꽃」 중에서

내가 당신을 만나 활활 타올랐을 때, 걷잡을 수 없이 타올랐을 때 연기도 없이 꽃을 피울 수 있었던 것은 빠져나갈 출구가 없었던 까닭입니다 애당초 출구가 없는 세상은 소통의 부재를 낳습니다 소통의 부재는 빠르게 바닥을 드러내는 법이라서 멈춤 신호등 앞에 딱 걸리고 말았습니다

연기를 뱉어내지 못해 연소되지 못한 심장이 선지

보다 붉은 저주의 탈을 쓰고 한낮 빈 길목을 쓸쓸히
지키고 있습니다

-「맨드라미의 사랑 법」 전문

꽃을 천착하는 시인의 시심이 여러 각도로 조명되고 있다. 시 「살구꽃」에서는 눈물로 짜내는 팝콘 같은 밥이 있다. 그 가난한 시절, 흡사 여인네의 소복 같은 빛깔이었으리라. 「동백꽃」에는 여인의 심상이 잔설로 뿌려진다. 서러운 삶의 부유로 대변되는 핏빛 꽃! 어쩌면 처연해서 더욱 꽃다운 것인지도 모른다. 동백꽃 화자와 살구꽃 화자의 고독한 눈물이 공통적으로 행간마다 고여 있음이다. 한편 「맨드라미의 사랑 법」을 감상해 보자. 살구꽃이나 동백꽃의 이미지와 대비되는 강렬함의 카타르시스가 흐르는 감성이다. '선지보다 붉은 저주의 탈을 쓰고' 지독한 사랑에 빠진 용감한 사랑 중독자의 아우라마저 도도한 꽃이라고 노래함이 가능한 것은 화자의 독특한 사유와 관찰의 시선 때문일 것이다. 폭염의 여름날, 장닭의 그 벼슬처럼 붉은 맨드라미는 고개 숙일 줄 모른다. 사랑에 빠진 자의 모습이 뜨거운 맨드라미로 환생하진 않았을까, 내 사랑이 너무 진해서 그대에게 다 닿지 못할 때의 안타까움마저 안으로 붉게 침잠하는 그 뜨거운 맨드라미 사랑이라니. 아니 빈 골목을 기다리는 망부석 같은 사랑이라니.

지금까지는 몇 편의 꽃에 관한 시들을 통해 시인이 지향하는 꽃의 궁극적 지점이 어디에 머무는지 살펴보았다. 시인에게 꽃이란 사랑이며 삶이며 호흡과 같은 것이 아니었을까? 그녀의 작은 정원에는 사계절이 아닌 제 5계절에도 더욱 향기로울 꽃들이 피어날 것이다.

어젯밤
만삭의 아랫집 새댁이
산고를 치르느라
북새통이다

한잠도

이루지 못한 채

이른 새벽

그녀의 집으로 갔다

살구꽃이 새침한 얼굴에

이슬 한 방울 낳아놓고

환하게 웃고 있다

-「출산」 전문

왠지 설렘에 들뜨기도 하는 봄밤, 화자는 봄밤의 소리를 듣는다. 꽃 피는 소리도 들을 줄 아는 귀의 소유자야말로 천생 시인이다. 눈과 귀의 공감각적인 봄밤의 화사한 스케치를 그려낸다. 왠지 봄날에는 잠 못 이루는 날이 허다한 것이 꽃들의 북새통 때문이었나 보다. 아침에 일어나면 꽃송이 송이들을 수북하게 달고 있는 살구나무, 밤새 그렇게도 꽃을 피워내느라 잠을 설치게 했나 보다. 한 송이 한 송이 꽃을 피워내는 일이 산고(産苦)라고, 꽃잎에 맺힌 땀방울 같은 이슬이 꽃의 인내를 빛낸다. 만물이 기지개를 켜느라 부산한 봄밤에는 그냥 꽃빛으로 밤을 밝혀 지새워도 좋으리라. "살구꽃이 새침한 얼굴에 / 이슬 한 방울 낳아놓고 / 환하게 웃고 있다" 는 그 집에서….

봇물 터진 듯
꾸역꾸역 담장을
기어오르는 담쟁이들
무전여행을 나선 것인지
차비가 떨어졌는지
저 여자들 간도 크지
무임승차는 벌금 30배라고
덕정역 이마에
떡하니 나붙었던데

-「월담」 전문

삶은 또한 어쩌면 망망대해를 유랑하는 일, 어쩌면 끝없는 도전의 연속이기도 하다. 벽을 타고 오르는 담쟁이를 보노라면 어떤 결연한 결기도 느끼지만 씁쓸한 연민도 함께 맛봐야 하는 것은 마치 우리 인생과 닮아있기 때문인지도 모른다. 고단하고 지칠지라도 멈출 수 없는 생이다. 악착같이 타고 오르고 기어 올라가야 살 수 있는 것이다. 오르고 올라 담을 넘어버린 담쟁이를 무임승차하는 아낙네들로 비유한 것이 흥미롭다. 나는 비록 감행하지 못하는 월담인데 간 큰 타인을 보며 혀를 내두르는 척하지만 내심 대리만족인지도 모른다. 담쟁이의 저돌적 자세와 우직한 이미지를 간 큰 여자로 변신시켜 해학으로 눙쳐버리는 재치라니…. 눈물과 웃음을 동시에 터뜨리게 하는 그야말로 웃기면서도 슬픈 발상이다. 그렇다. 우리들의 삶이 다 슬픈 고행이라면 어찌 홀로 한세상을 살아갈 수 있단 말인가. 살다 보면 「보석 가게 이 사장」 같은 이들을 만나는 행운도 찾아오는 날이 있겠지 하는 꿈도 그려보는 거지.

보석 가게 이 사장이

반짝반짝 빛나는 반지를 골라주며

그냥 가지라고 한다

이건 아니지 싫어

지갑을 열려고 하니 그래도

그냥 가지라고 한다

그래도 장산데

이건 아니지 하는 내게

이건 아니지가 어딨나

잠자리 부족하면 부족한 대로

슬쩍 옆자리 밀어주면 되고

이건 아니지가 어딨나

밥그릇 부족하면

수저나 한 벌 더 놓으면 되고

입을 게 없다고 하면

입은 옷 한 벌 벗어주면 되고

사람이 하는 일인데

부족한 대로 슬쩍 끼어 자고

나눠 먹고 나눠 입고

보석 가게 이 사장은

이건 아닌 게 하나도 없어서

혹한의 언 손도 따뜻하게 녹이며

제대로 굴러가는 세상을 만들지

-「보석 가게 이 사장」 전문

고대 희랍의 철학자들은 "인간은 신도 짐승도 아닌 그 중간에서 방황하는 그 무엇"이라고 규정한 바 있으며 태생적으로 인간은 양면성을 지닌 존재이다. 때에 따라서는 휴머니즘, 진선미를 주창하고 때로는 전쟁이나 극한 대립의 학살극을 벌이고 온갖 못된 짓을 자행하기도 한다. 하지만 보석 가게 이 사장님의 마음이 바로 시인의 마음인 것을 알기에 코끝이 찡해진다. 시인의 여러 가지 책무 중 하나인 위로의 책무에 충실한 따스함을 주는 작품이다. 반복해서 음미할수록 미소를 피게 하는 시다. “사람이 하는 일인데 / 부족한 대로 슬쩍 끼어 자고 / 나눠 먹고 나눠 입고” 찌푸린 얼굴이 꽃처럼 활짝 피어날 것만 같은 푸짐한 표현력은 된장국 맛이다. 화자야말로 보석 가게 이 사장이며 그렇게 살고픈 자신인 것이다. 이타적인 배려와 베풂 같은 마음의 힘줄들이야말로 세상을 이끌어가는 원동력인 것이다. 삶에 지쳐있는 당신과 나에게 토닥여주는 따뜻한 손길 같은…. 더 이상 설명이 필요 없는 그 이상향에 한발 다가가 볼 수 있게 하는 시인의 재치와 입담에 배려가 넘친다. 어쩌면 「보석 가게 이 사장」은 우리 마음속에 살아가는 선한 본성의 모습일 것이다. 이제 인생의 어느 지점에 올라앉아 관조하는 시인의 심상을 감상해보자.

낚시도구도 변변치 않은데

애당초 월척을 낚기는 글렀던 게지

도랑물 첨벙대며

송사리 피라미나 낚던 솜씨로

수심 깊은 바다 속을 들여다보며

대어를 꿈꿀 수 있었는가 몰라

앙칼진 황사 바람이 온몸을 휘감아 돌고

날리는 치맛자락 눈 앞을 가리는데

사납게 달려드는 갈매기 떼 훠이 훠이

이미 그때 훤하게 날 샜는지 몰라

미끼라고 덥석 물어줄까 몰라

시름을 떨구려고 하늘을 보니

반짝 은유가 파르르 떨어라

부정 탈라 조심조심 낚싯대를 당기는데

어라 가벼운 손맛이 영 개운치 않더라니

지난여름 두고 간 연인들의 심장이

파닥파닥 숨 쉬는 바다에 와서

조가비 하나 건져 올리지 못한

이 허무한 빈손을 어디에 둘지 몰라

-「석모도에서」 전문

시들었다고 꽃이 아니라시면

이제는 떠날 때가 아닌가 하여요

한순간도 시든 적이 없었는데도

그대가 그렇게 보고 있다면

완전히 떠난 게 아닌가 하여요

그대 때문에 여자가 되었는데

여자가 아니라 하시오면

그대도 내 남자는 아닌가 하여요

이제 그대가 등을 돌린다 해도

홀가분하게 보낼 수 있겠어요

–「저문 강에서」 전문

우리네 살아가는 일을 흔히들 낚시에 비유하기도 한

다. 「석모도에서」와 「저문 강에서」를 감상해 보자. 붙여서 연이어 감상하면 연시와 같은 맥락이 흐른다. 화자의 인생살이나 우리네 인생살이나 한바탕 낚시꾼의 모습이라는 동질감과 동병상련의 마음이 들기도 한다. 소유하려 할수록 멀리 달아나던 욕망들과 성취하려 했건만 이룰 수 없었던 미력함을 누구나 경험하며 산다. 잡으려 하면 미끌거리며 달아나던 물고기들, 그리고 황사 바람과 사나운 갈매기 떼들, 날리는 치맛자락을 무력하게 감당하다가 빈손의 종말을 맞이하는 것이 인생살이인지도 모른다. 지구가 온통 울퉁불퉁하여 세상이 그리 공평하지만은 않다 보니 어떤 이는 금수저를 물고 나오기도 하고 어떤 이는 인생의 손맛을 넘치도록 보기도 하겠지만 말이다.

나비 같은 갈래머리 살랑살랑 거리며 귀엽던 한 소녀는 이제 인생의 어느 언덕에 올라 내려다보는 나이가 되었다. 인생이라는 장기판에 훈수를 두어도 욕먹지 않을 그런 위치가 되었다고나 할까. 위에 소개한 「저문 강에서」에 흐르는 비우고 보내고 놓아버리는 비운 자의 자유와 평안함의 어떤 맛을 보여주는 듯하다. 저무는 강가에서는 흘러간 것들을 연연하는 것이 얼마나 부질없는지를 삶의 체험들이 가르쳐준 것일 터, 삶의 주체적 개성적, 구체적 모습은 과연 어떠해야 하는지를 낱낱이 드러내 보여주지 않아도 이 「저문 강에서」라는 한 편의 시가 대변해준다. 아등바등 손에 쥐고 물질도, 명예도, 사랑도, 내 것으로 소유하려 했으며, 누군가의 사랑받는 유일한 여인이고 싶어 애태워 보기도 하여, 아직도 가슴 치는 일말의 세속 티끌들에게 조곤조곤 타이르는 듯하다. “한순간도 시든 적이 없었는데도 / 그대가 그렇게 보고 있다면 / 완전히 떠난 게 아닌가 하여요” 나라는 자아는 그 누구도 대신할 수 없는 유일성의 존재이다. 더구나 어떤 순수한 열정이나 사랑이나 소망의 정서가 언제나 내면에서 시든 적이 없는데 그 대상이 봐주지도 않을뿐더러 무심하여 인정해 주지 않는다면 그처럼 낙심이 되는 일도 없는 것이다. 하지만 화자는 당당히 선언한다. “이제 그대가 등을 돌린다 해도 / 홀가분하게 보낼 수 있겠어요"라고 말이다. 이것은 내 뜻대로 풀려주지 않은 삶에 대한 선언이며 떠난 자에 대한 관대함이며 용서와 포용의 자세가 아닌가. 연연해하지도 섭섭해하지도 않을 것이며 달관의 자세를 가질 때 내 자존감이 건강해질 것임을 아는 것이다. 이 점을 분명히 인지하게 한 화자의 삶의 궤적이 미루어 짐작이 된다. 그것은 화자가 삶의 길 굽이굽이 걸어오며 이루어낸 빛나는 내공이며 진정한 자아를 찾아가는 성취와 내려놓음의 철학인 것이다.

지금까지 소박·담백 화법으로 스케치한 詩의 집을 속속들이 감상해 보았다.

임영희 시인은 가히 꽃들의 시인이며 들꽃 같은 시인이다. 마치 어둠 속에서 빛을 발하는 반딧불의 의미로 시를 쓰는 시인이라고도 명명하고 싶다.

인정 많은 옆집 언니가 옆에 앉아 조곤조곤 이야기하듯 들려주는 듯, 풋풋한 향내가 풍기는 참 친근한 그런 필력에 내내 편안했음이다. 또한 곳곳에 임 시인만의 미학과 삶의 철학이 피톤치드 향처럼 풍기는 숲을 여행하는 맛이었다. 진정한 시다운 시, 시인다운 시인은 과연 이 시대에 몇 명이나 되는지, 나 자신부터 돌아보아야 한다는 점에서 나 역시 한없이 결핍을 느끼며 자유롭지 못하다.

사실 시의 옷을 입은 진솔한 삶의 모습들과 사유의 진정성에 어떤 해설이나 평을 한다는 (모순된) 차원을 넘어서, 자신의 텃밭에서 가꾼 싱싱한 공해 없는 먹거리들로 곱게 차려낸 밥상을 받은 것만 같은 벅차오름의 느낌이다. 정중히 맛있게 먹어주는 것이 밥상을 차려낸 땀방울 묻은 그 손길에 대한 최상의 예의라고 믿는다.

지금까지 임영희 시인의 발자국을 하나하나 세며 따라가듯 한 편 한편마다 마음의 갈채를 보내며 시 속에 머물러 보았다. 타인의 시심을 들여다보는 일이 늘 짜릿하면서도 즐거운 일이라고 생각했었는데 임영희 시인이 상재하는 이 시집은 마치 고향 집 마당에 앉아

옛날이야기를 재미지게 풀어내 박수를 치기도 하고, 혹은 먹먹하여 가슴 쓸어내리며 동병상련의 마음으로 감상한 한 권의 수상록과 같다. 바야흐로 인생 입추(入秋)의 문턱에 선 시인의 삶에 달고 먹음직한 실한 열매들이 주렁주렁 익어갈 일만 남은 듯하다. 기꺼이 만추의 향기로 버무려낼 시의 길을 기대하며 시의 본향(本鄕)을 향해 더욱 더 정진해 갈 그 걸음에 뜨거운 응원의 박수를 보낸다.